BiLLiE B. BROWN

SALLY RiPPiN

ⓑ Bruño

BILLIE B. ES MUY ESPECIAL

Título original: *Billie B Brown, The Night Fright / The Best Pet Ever*
© 2012 Sally Rippin
Publicado por primera vez por Hardie Grant Egmont, Australia

© 2017 Grupo Editorial Bruño, S. L.
Juan Ignacio Luca de Tena, 15
28027 Madrid
www.brunolibros.es

Dirección Editorial: Isabel Carril
Coordinación Editorial: Begoña Lozano
Traducción: Pablo Álvarez
Edición: María José Guitián
Ilustración: O'Kif
Preimpresión: Francisco González
Diseño de cubierta: Miguel A. Parreño (MAPO DISEÑO)
ISBN: 978-84-696-2219-3
D. legal: M-17116-2017
Printed in Spain

BILLIE B. BROWN

UNA PELI DE MIEDO

Billie B. Brown lleva unas gafas 3D, un refresco y una enorme caja de palomitas.

¿Sabes qué significa la B que hay entre Billie, su nombre, y Brown, su apellido?

¡Sí, lo has adivinado! Es la B que hay en la palabra

TEMBLOR

Billie B. Brown tiembla de emoción. Está en el cine con Rebecca y sus hermanas.

Rebecca va a la clase de Billie y tiene dos hermanas mayores que se llaman Katia y Mel.

Billie solo tiene un hermanito, que se llama Tom y todavía es muy pequeño. Le encanta abrazarlo, pero de momento no puede jugar mucho con él.

—¿Qué película queréis ver?
—les pregunta la madre de
Rebecca a las chicas—. ¿Esa
de los ratones que bailan?

—Nooo —contesta Mel—.
Esa es para pequeñajos.
Nosotras queremos ver la de la
casa encantada.

—Hmm, no sé… —replica
la madre de Rebecca—.
Creo que esa es de miedo.

—Está recomendada para
mayores de seis años, así que
es para niños —dice Katia.

—Bueno, creo que deberíamos dejar que decidieran Billie y Rebecca —dice entonces la mujer.

—¿Quieres ver la peli de miedo? —le pregunta Mel a Billie.

—¡Por supuesto! —responde Billie, HACIÉNDOSE LA VALIENTE, porque en el fondo está un pelín NERVIOSA.

No le gustan mucho las películas de miedo, la verdad. Le dan pesadillas.  Pero Billie no quiere que las hermanas de Rebecca lo sepan. Quiere que piensen que es mayor, como ellas.

—¿Rebecca? —pregunta su madre—. ¿Te parece bien ver la película de miedo?

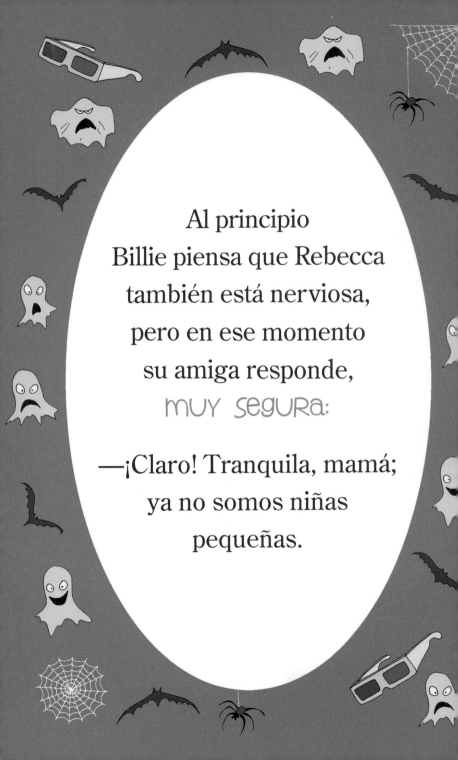

Al principio
Billie piensa que Rebecca
también está nerviosa,
pero en ese momento
su amiga responde,
MUY SEGURA:

—¡Claro! Tranquila, mamá;
ya no somos niñas
pequeñas.

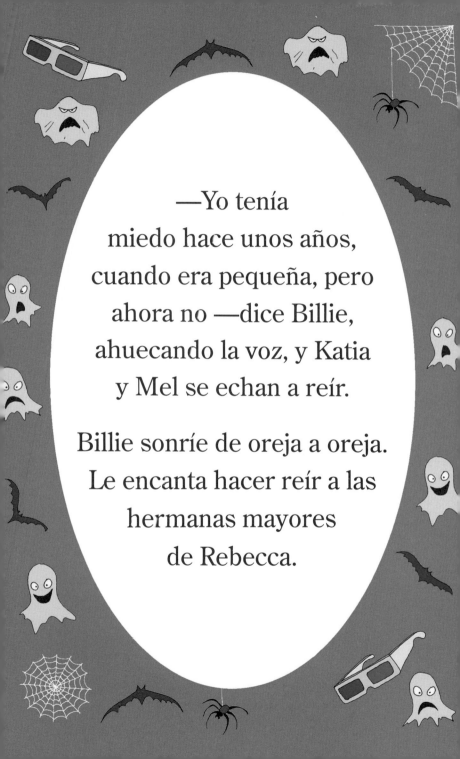

—Yo tenía
miedo hace unos años,
cuando era pequeña, pero
ahora no —dice Billie,
ahuecando la voz, y Katia
y Mel se echan a reír.

Billie sonríe de oreja a oreja.
Le encanta hacer reír a las
hermanas mayores
de Rebecca.

—De acuerdo entonces —dice la madre de Rebecca. Luego compra las entradas y las acompaña hasta la puerta—. Os recogeré aquí cuando termine la película. Katia, Mel: por favor, cuidad de Rebecca y de Billie, ¿vale?

Billie sonríe de nuevo. ¡Está tan emocionaDa de ir al cine con Rebecca y sus hermanas mayores que la peli es lo de menos!

Capítulo 2

Billie entra en la sala detrás de Rebecca y sus hermanas. Después de buscar sus asientos, Katia le pregunta:

—¿Me puedo sentar a tu lado?

—¡Claro! —responde ella, y nota que se ruboriza de ORGULLO.

¡La hermana mayor de Rebecca quiere sentarse a su lado!

Billie imagina cómo sería su vida si Katia fuese su hermana mayor. Le encantaría, porque harían un montón de cosas juntas.

Cuando va a empezar la película, todo el mundo se pone las gafas 3D.

—¡Mira, Billie! —chilla Rebecca—. ¡Las imágenes se salen de la pantalla!

—¡Chissst! —exclama Mel,
inclinándose hacia ella—. ¡No
hables tan alto!

Pero Billie y Rebecca tiemblan
de EMOCIÓN. Y, además, les
entra la risa floja. Se ríen tanto,
que a Billie casi se le caen las
palomitas al suelo.

—¡Cuidado! —exclama Katia,
agarrando la caja de Billie
justo a tiempo.

En la película, dos niños van a visitar a su tía en vacaciones. Se llevan a su perro, *Fido*. Es tan gracioso y hace tantas monerías que todos los espectadores se ríen.

Pero poco a poco los niños descubren que la casa de su tía está encantada. Un día entran en una habitación pequeña, oscura y tenebrosa. Abren un armario y de ahí, de repente, se escapan un montón de fantasmas.

¡QUÉ SUSTO! ¡Parece que los fantasmas salen de la pantalla y se lanzan sobre el público!

Billie pega un CHILLIDO y, como se lleva las manos a la cabeza, a punto está de tirar las palomitas al suelo. Por suerte, Katia coge la caja a tiempo y se la devuelve.

El corazón de Billie late muy rápido. Mira a Rebecca y ve que se ha tapado los ojos.

Al rato los fantasmas se van y los niños continúan registrando la casa. *Fido* empieza a dar vueltas, persiguiendo su propia cola. Es muy divertido, y todos los espectadores ríen. Billie y Rebecca son las que ríen más alto.

—¡Chissst! —exclama Katia, mirándolas de reojo con cara de fastidio—. ¡Sois unas escandalosas!

Pero Billie y Rebecca tienen
la risa tonta y no pueden parar.
Si Rebecca mira a Billie, rompe
a reír. Si Billie mira a Rebecca,
le pasa lo mismo.

—¡Se lo voy a decir a mamá!
—exclama Katia.

—¡Las hermanas mayores son
una lata! —susurra Rebecca,
inclinándose hacia Billie,
aunque ella piensa que Katia y
Mel son maravillosas.

Cuando la película acaba, la madre de Rebecca está ya en la puerta de la sala, esperándolas.

—¿Qué tal la peli, chicas? —les pregunta—. ¿Daba mucho miedo?

—Qué va, casi nada —presume Billie, y ella y Rebecca se miran y se vuelven a reír.

Aunque ahora parece que la sonrisa de ambas es un poco forzada…

—Bueno, me alegro de que os lo hayáis pasado bien, pero ya es hora de que te llevemos a casa, Billie —dice la mujer con una sonrisa—. Aunque quizá quieras venir con nosotras otro día…

—¡Eso, eso! —exclama Rebecca, y Billie sonríe de oreja a oreja.

Desde luego que LE ENCANTARÍA REPETIR.

Capítulo 3

Esa noche, cuando la madre de Billie va a arroparla, le pregunta:

—¿Te lo has pasado bien hoy con Rebecca?

—¡Me lo he pasado genial! —responde Billie—. Hemos ido a ver una peli con sus dos hermanas mayores.

—Ah, ¿sí? ¿Cuál?

—La de la casa encantada.

—¿Y no te ha dado miedo? —se extraña su madre—. Creía que no te gustaban las películas de miedo.

—¡Mamá, que ya no soy una niña pequeña! —exclama Billie, UN POCO ENFURRUÑADA, y su madre sonríe.

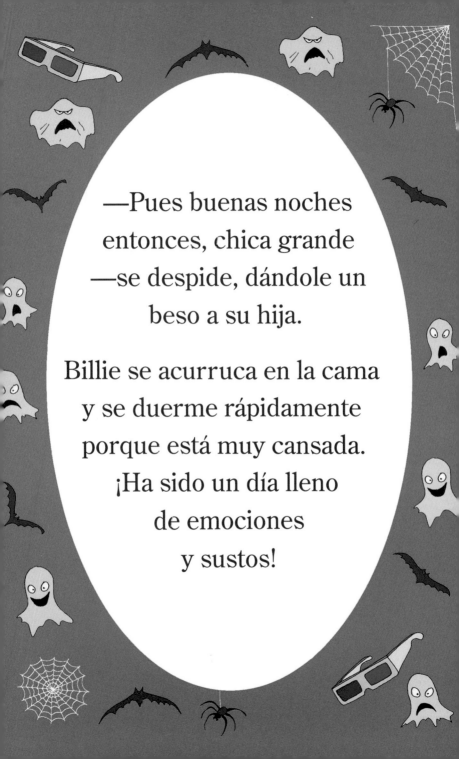

—Pues buenas noches entonces, chica grande —se despide, dándole un beso a su hija.

Billie se acurruca en la cama y se duerme rápidamente porque está muy cansada. ¡Ha sido un día lleno de emociones y sustos!

Billie enseguida empieza a soñar que está en una enorme casa de madera vieja y tenebrosa. Las puertas chirrían y las telas de araña se le pegan al pelo. Hay murciélagos colgando del techo y, en el suelo, ¡hasta una calavera!

De repente Billie oye que alguien llora en la habitación de al lado. ¿Te imaginas quién puede ser?

¡Sí, has acertado! ¡Es Tom!

Billie no sabe qué hacer. Saldría corriendo para ayudar a su hermano, aunque la verdad es que LE DA MUCHO miEDO.

Pero ¿y si Tom está en peligro? Billie, decidida a ser VaLieNTe, abre una puerta despacito y…

¡AAAHHH! Un fantasma sale volando de la habitación. Y después otro y otro. Billie suelta un gRito y luego otro y otro.

CORAZÓN
a mil
por hora

—¡Mamá, mamáááá! —grita Billie, incorporándose en la cama.

La madre de Billie entra a toda velocidad con Tom en brazos y le pregunta a su hija:

—¿Qué te pasa, cielo?

—¡He tenido una pesadilla! —exclama—. Había fantasmas

y murciélagos, y Tom estaba llorando. Pensé que los fantasmas se lo habían llevado.

—¡Ay, Billie! Creo que esa película te ha provocado la pesadilla —dice su madre, abrazándola—. Mira, aquí tengo a Tom, y está perfectamente.

El bebé suelta una risita y le tiende los brazos a su hermana. Billie lo coge y lo abraza con FUERZA. Está muy contenta de ver que se encuentra bien.

Besuquea sus mejillas
regordetas y le susurra al oído,
todavía un poco angustiada:

—Te quiero a rabiar, cosita.

Tom a veces será un fastidio,
pero ella no lo cambiaría ni por
todas las hermanas mayores
del mundo.

Luego Billie levanta la cabeza y mira a su madre.

—¿Me dejáis dormir con vosotros esta noche? —le pregunta.

—Bueno, solo por esta vez. Y nada de películas de miedo a partir de ahora, ¿vale?

Capítulo 4

Al día siguiente, cuando Billie llega al colegio, se encuentra a Rebecca en el patio, hablando con Helen y Tracey.

—¡Hola, Billie! —grita Rebecca, indicándole con una mano que se acerque—. ¿A que la película de ayer fue muy divertida?

—Fue increíble —contesta Billie—. ¡Parecía que los fantasmas se salían de la pantalla!

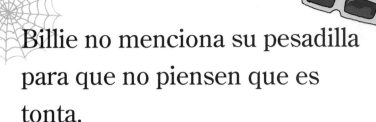

Billie no menciona su pesadilla
para que no piensen que es
tonta.

—¿Qué película visteis?
—pregunta Tracey un poco
extrañada.

—La de la casa encantada
—responde Rebecca.

—Uy, yo no pienso ir a verla
—dice Helen—. Odio las
películas de miedo.

—Yo también —afirma
Tracey—. Me producen
pesadillas.

Billie se queda muy SORPRENDIDA y replica sin pensar:

—¿En serio? ¡A mí también! O sea, tenía pesadillas cuando era pequeña —se corrige rápidamente, pues no quiere que Rebecca, Helen o Tracey piensen que la película LE DIO MIEDO.

—Anoche tuve una pesadilla
—le dice Rebecca a Billie
en voz baja—. ¡He tenido
que dormir en la cama
de mis padres!

—¿De verdad? —Billie está
boquiabierta. No se lo puede
creer—. Yo pensaba que veías
películas de miedo todo el
tiempo…

—¡Y claro que las veo!
—murmura Rebecca,
intentando que Helen y Tracey
no la oigan—. Pero solo porque
Katia y Mel quieren verlas. Yo
prefiero las películas de risa.

—Y yo —dice entonces Helen, que no ha podido evitar escuchar la conversación—. Mi película favorita es *Buscando a Nemo*.

—Esa me encanta a mí también —dice Tracey.

—Mis hermanas odian los dibujos animados —comenta Rebecca, suspirando con tristeza—. Dicen que son para críos. Así que al final siempre tengo que ver lo que ellas quieren.

—Pues podrías venir a mi casa a ver *Buscando a Nemo*. La tengo en DVD —replica Billie con timidez.

—¡Vale! —exclama Rebecca—. Es una gran idea.

—¿Podemos ir nosotras también? —tercia Helen, SUPERILUSIONADA.

—Tendré que preguntárselo a mi madre, pero seguro que dice que sí —responde Billie CON OJOS bRILLaNteS.

—¿Y si hacemos una Nemo-fiesta? Puedo llevar palomitas y gominolas en forma de pez. ¡Las venden al lado de mi casa! —exclama Tracey.

—¡Qué divertido, chicas! —exclama Rebecca—. Yo llevaré mis cromos de Nemo y así podremos repasarlos cuando termine la peli.

—¡Y yo llevaré mi cojín
de Nemo! Es superchulo,
ya veréis —apunta Helen.

—¡Es un gran plan, chicas!
—dice Billie—. Pero
tendremos que esperar hasta
que Tom esté acostado.
¡Si no, seguro que el tiburón
le provocará pesadillas!

BILLIE B. BROWN

La mascota

Capítulo 1

Billie B. Brown ha hecho
y deshecho dos puzles,
ha leído tres libros a medias
y ha montado y desmontado
dos torres de piezas.

¿Se te ocurre lo que puede
significar la B que hay entre
Billie y Brown?

Pues sí, es la B que verás
en la palabra

ABURRIDA

Billie B. Brown está aburrida, superaburrida y SUPER-REQUETE-ABURRIDA.

Lo normal es que Billie juegue con Jack y no se aburra nunca. Jack es su mejor amigo y vive puerta con puerta.

Pero Jack se ha ido con sus padres a pasar el fin de semana fuera y Billie no tiene con quién jugar.

Billie ni siquiera puede jugar con Tom, su hermano pequeño, porque se está echando la siesta.

Aunque, de todas formas, Tom es demasiado pequeño para jugar con él. No hace más que estropear los juguetes o intentar comerse las piezas de los puzles. ¡Qué PESADO se pone!

Y, por supuesto, tampoco
puede jugar con él ni al
escondite, ni al pillapilla
ni a cazar dinosaurios.
¡Menudo rollo!

Entonces Billie tiene una idea.
Una idea de las suyas.
Una idea estupenda.
Superestupenda. ¡SUPER-
REQUETE-ESTUPENDA!

¿Te imaginas qué se
le ha ocurrido?

Pues sí, se le ha ocurrido que necesita un poni. Si tuviera un poni para ella solita, nunca se aburriría.

Billie baja las escaleras corriendo a toda velocidad para decírselo a su padre, que está en la cocina, preparando algo que huele deliciosamente.

—¡Eh, papá! ¡Ya sé lo que me hace falta! —exclama Billie—. ¡Un poni! Con él nunca me aburriría. Lo cepillaría, lo alimentaría y lo montaría todos los días. ¡Sería maravilloso!

El padre de Billie sonríe
y contesta:

—Pero, cielo, ¿dónde íbamos
a instalar al poni? Los ponis
necesitan mucho espacio
y mucha comida. ¿Qué te
parece si en vez de un poni
buscamos una rana? Cuando
yo era pequeño, tenía una rana.
Era preciosa, traviesa y
divertidísima.

—¿Una rana? —repite Billie,
frunciendo el entrecejo—.

Papá, ¿cómo voy a acariciar a una rana? Las ranas no son mascotas, lo siento. Pero un poni sí. Y yo NECESITO un poni. Voy a hablar con mamá.

—Bueno, habla con ella, Billie, pero no creo que esté de acuerdo en lo del poni, cielo. ¡Piénsate bien lo de la rana!

Billie sale de la cocina muy disgustada y sube las escaleras dando PISOTONES. ¿Cómo es posible que su padre le haya dicho, y dos veces, lo de la rana?

Por supuesto que va a hablar con su madre. Seguro que ella entiende lo del poni…

Capítulo 2

La madre de Billie se está echando una siesta con Tom. Billie sabe perfectamente que no debe despertarla a menos que se trate de algo muy importante.

Y como el tema del poni es muy importante, Billie se cuela en la habitación de sus padres.

—¡Mamá! —le susurra, echándose a los pies de la cama—. ¿Sabes una cosa?

La madre
de Billie abre un ojo
y le pregunta:

—¿Es importante, Billie?

—IMPORTANTÍSIMO
—responde ella muy seria.

—¿Qué pasa, cariño?

—Me aburro—contesta
Billie—. Necesito una
mascota con la que jugar.
Quiero un poni, pero
papá ha dicho
que no.

La madre de Billie sonríe.

—¿Y Tom? —pregunta,
señalando al bebé,
que está acurrucado junto
a ella, respirando
PROFUNDAMENTE—. Más o
menos es como una mascota.

—¡Mamá, estoy hablando
en serio! —exclama Billie,
enfadada—. ¡Quiero
un poni!

—Vale, perdone usted,
señorita —dice su madre,
poniendo cara seria—.

Papá tiene razón. No hay sitio
para un poni, pero ¿qué te
parece un lorito? Yo tenía uno
cuando era pequeña.
Le enseñé a decir «hola»,
entre otras palabras. Los loros
son inteligentísimos.

Billie frunce el entrecejo
y replica:

—¡No, mamá, no se puede
abrazar a un loro! ¿Qué te

parece un perrito? ¡Uno
pequeño y mono!

—Los perros dan muchísimo
trabajo, Billie.

—Yo lo cuidaré. Le daré de
comer, lo pasearé y jugaré con
él todos los días.

—Lo siento, Billie, pero ahora mismo estamos demasiado ocupados con Tom como para tener que cuidar también a un perrito. Quizá cuando tu hermano crezca…

Entonces Billie se ENFADA y grita:

—¡No es justo!

Tom se despierta y empieza a llorar.

—¡Billie, has despertado a tu hermano! Sal ahora mismo de la habitación, por favor.

Billie sale de la habitación
con los puños y los dientes
apretados y dando PISOtONES.
Está MUY ENFADADA.
Todo es culpa de Tom.
Si él no estuviese, sus padres
le comprarían un poni
y también un perrito.
Seguro segurísimo…

Pero entonces Billie empieza
a SENtiRSE MaL por haber
despertado al bebé.
Porque lo cierto es que
QUieRE a SU HERMANO
MUCHO MUCHÍSIMO.

Así que Billie va a su cuarto,
coge una marioneta muy
simpática que le regaló
su abuela y se la pone en la
mano.

Luego vuelve a la habitación
de sus padres y dice,
asomando la marioneta por el
hueco de la puerta:

—¡Cucú, Tom!

Tom se ríe a CARCAJADAS,
y Billie y su madre también.

El pobre Tom no tiene culpa
de que a Billie no le permitan
tener una mascota.
No es justo pagarlo con él.

Pero Billie quiere un poni
o un perrito. Y ya se le ocurrirá
algo para conseguirlo…

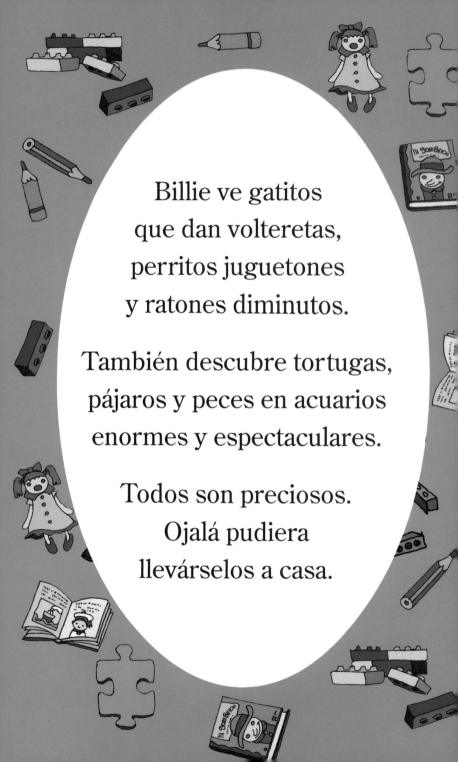

Billie ve gatitos
que dan volteretas,
perritos juguetones
y ratones diminutos.

También descubre tortugas,
pájaros y peces en acuarios
enormes y espectaculares.

Todos son preciosos.
Ojalá pudiera
llevárselos a casa.

Al cabo de un rato
de pasear por allí distingue
una jaula al fondo
de la tienda.

Al principio Billie piensa
que está vacía.
Pero cuando
se inclina para verla
mejor, descubre una
bolita de pelo rojizo.

—Hola —dice Billie
con dulzura
y voz muy baja.

Una naricilla rosa asoma
entre el pelo.

Después, dos brillantes
ojos negros.

Y por último,
dos zarpas rosas.

¿Adivinas lo que es?

¡Pues sí, una cobaya! La
cobaya más mona que Billie ha
visto jamás.

—¡Mamá! —grita Billie—.
Ven a ver a esta cobaya.
¿A que es adorable?

La madre de Billie se acerca
con el dependiente.

—Esta cobaya es muy muy
especial, y está esperando a que
una chica muy muy especial
se la lleve —dice el hombre,
guiñándole un ojo a Billie.

Ella mira a su madre
y *LE SUPLICA:*

—Por favor, mami, ¿nos la
podemos llevar a casa?

Te prometo que la cuidaré
y le daré de comer todos
los días.

—Es que…

—POR FAVOR…

Justo entonces Tom empieza a
llorar. Está harto de estar en el
carrito.

—Déjame pensarlo, Billie
—dice su madre—. Ahora
vámonos. La cobaya seguirá
aquí cuando acabemos de
hacer nuestras compras.

Billie pega un chillido
de EMOCIÓN.
¡Eso casi es un sí!

Billie ayuda a su madre
a cuidar de Tom durante
toda la tarde.

Lo coge en brazos
mientras
su madre
se prueba
zapatos.

Le limpia las manos
y la cara de trozos
de plátano.

¡Y hasta le pone a su hermano
un pañal limpio y tira el sucio
a la basura!

Todo el tiempo que pasa
ayudando a su madre,
Billie piensa en la cobaya.
Ha decidido llamarla *Molly*.
¡Billie está segura de que
su madre accederá a llevársela!

—Gracias, Billie —dice su madre cuando han acabado las compras—. Hoy me has ayudado mucho. Creo que se te dará muy bien cuidar de una mascota. ¿Quieres que vayamos ahora a por la cobaya?

—¡Ay, gracias, mamá! —chilla Billie, DANDO SALTITOS.

¡Una mascota para ella sola! Billie no se lo cree. ¡Nunca más volverá a aBURRIRSE!

Entonces regresan corriendo
a la tienda de animales,
entra a toda prisa, va directa
hasta la jaula de *Molly* y mira
entre los barrotes.

Pero ¡la jaula está vacía!

Capítulo 4

—Ay, cariño, entró un hombre justo después de que os fuerais —le explica el dependiente—. Dijo que quería una mascota para su hija, y le pareció que la cobaya sería perfecta. Lo siento mucho.

Billie agacha la cabeza, TRISTE Y DESILUSIONADA. ¿Se han llevado a su *Molly* para dársela a otra niña? Billie aprieta los labios INTENTANDO NO LLORAR.

—Lo siento, Billie —dice su madre, dándole un abrazo—. ¿Quieres que busquemos otra mascota? Seguro que habrá alguna más que conquiste tu corazón.

Pero Billie niega con la cabeza, aPENaDa. Hasta se le escapa una lagrimilla. *Molly* era la mascota perfecta. Nunca encontrará a otra como ella.

A Billie le chiflaban sus ojitos de botón, vivos e inteligentes, y su naricilla, con la que olisqueaba el aire.

Molly era genial, pero ella y Billie ya nunca vivirán grandes aventuras…

Billie está tan triste que se le quitan las ganas de hablar.

Vuelve al coche con su madre y su hermano arrastrando los

pies, y no abre la boca en todo el camino de vuelta a casa.

Ni siquiera el parloteo y las risas de Tom logran animarla.

—Más adelante podemos volver a la tienda, cielo. Seguro que dentro de un tiempo habrá más cobayas —dice su madre, intentando animarla.

Billie asiente, pero ella no quiere otra cobaya. *ELLA QUIERE A MOLLY.*

Cuando llegan a casa, mientras su madre se ocupa de Tom,

que se ha quedado dormido,
Billie lleva las bolsas al salón.

Después se deja caer
en el sofá.

Varias lágrimas ruedan
por sus mejillas, pero
se las sorbe al oír
que el coche de su padre
entra en el garaje. Al poco rato
su padre aparece en el salón
y le pregunta:

—Billie, cielo, ¿me ayudas
a meter unas cosas
que he comprado?

Billie SE ARRASTRA hacia
el garaje mientras su padre
saca una cajita que le pone en
las manos.

—¿Qué es esto? —le pregunta
la niña.

—Echa un vistazo.

Billie mira dentro y, ¡sí, lo has
adivinado! ¡Dentro hay una
bolita de pelo rojizo!

—¡Molly! —grita Billie,
abrazando a la cobaya
emocionaDa.

Billie B. Brown

ÍNDICE

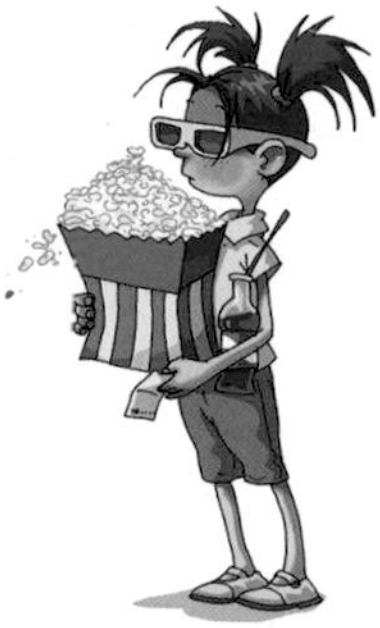

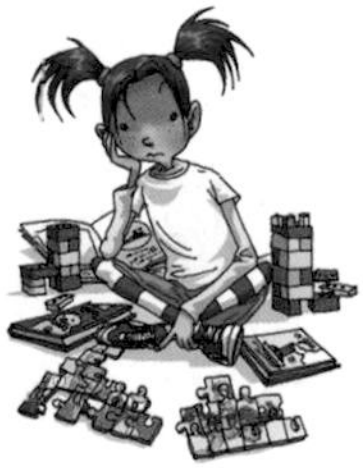

TÍTULOS DE LA COLECCIÓN